A MADAME

LA COMTESSE

DE

NORTHVMBERLAND.

AF358891

ADAME,

Je viens offrir à voſtre Grandeur
le meſme Ouvrage que je m'eſtois

ă ij

EPISTRE.

proposé de luy dédier pendant le sejour
qu'elle fit en Provence, si son départ
impreveu ne m'en eut fait perdre l'oc-
casion. C'estoit en ce temps-là que je
pouvois, *MADAME*, vous le
presenter avec moins de temerité,
puisque les esclatantes Lumieres qui
vous accompagnent par tout, paroissoient alors comme des Astres éclipsés
qu'il nous estoit loisible de regarder
sans crainte d'en estre éblouïs : Mais
maintenant que ces mesmes Lumieres
ont repris leur premiere Splendeur, &
qu'on ne sçauroit plus les approcher
que dans leur naturelle élevation; I'ay
grand subjet de doutter du succez de
mon Entreprise, & si ce qui auroit
peu vous plaire à Aix, pourra vous
estre Agreable à Paris.

Deux choses semblent favoriser
mon Dessein, la douceur qui vous est

ordinaire, & le precieux Tableau que
je presente à V. G. de la plus ayma-
ble personne de l'Vnivers, si vos
admirables perfections, MADAME,
ne luy ravissoient pas cét advantage.
Ie sçay bien qu'Amarilis toute Belle
& toute Charmante qu'elle est, auroit
eù de la peine à consentir que son Image parut dans ce grand Monde où
je suis obligé de vous approcher : Sa
modestie s'accorde si peu à la curio-
sité publique, que comme elle a toujours
vescu estoignée de ces merveilleux En-
droits, qui forment la plus belle Cour de
l'Europe, Elle n'eust jamais approuvé
mon Dessein, si je n'eusse vaincu ses
apprehensions, en l'asseurant que cette
mesme Peinture ne sortiroit point de
mes mains, que pour passer dans celles
de V. G.

Oseray-je bien vous dire encore,

EPISTRE.

MADAME, que par deſſus toutes ces Reflections, celle qui m'a donné la hardieſſe de vous remettre ce Portrait des Beautez d'Amarilis eſt, que j'ay creu que ſes Deſtinées avoient beaucoup de choſes qui pouvoient avoir de conformité avec les voſtres, (ſi nous en ſeparons le rang Illuſtre que vous tenez par tout où *V. G.* eſt connüe, & cette Royale Naiſſance qui nous fait encore reſpecter la memoire de vos Ayeux, iuſques dans le ſang de Charlemagne.

Amarillis a eu comme vous, *MADAME*, des Adorateurs, auparavant meſme qu'elle fûſt ſortie de ſon Enfance ; Elle a veu ſoûpirer aupres d'Elle des Amans, dont le Merite infini pouvoit toucher ſon Ambition, ſi elle eut eſté ſuſceptible de Vanité : les Yeux les plus tendres ont verſé des larmes

EPISTRE.

aux pieds de ſes Autels, ſans que ny
leurs vœux ny leur perſeverance ayent
peu flechir ſa Fierté : Le Ciel qui ſe
plaiſt ſouvent d'exercer les grandes
Ames, a permis que la ſienne ait receu
parfois des atteintes ſenſibles; Mais elle
a toûjours ſi genereuſement ſouſtenu les
intereſts de ſa Gloire & de ſa Vertu,
qu'elle n'en a jamais eſté ny abattüe
ny eſbranlée , & ſa Conduite a eſté ſi
judicieuſe dans l'un & dans l'autre
viſage de la fortune, qu'elle eſt enfin
arrivée au dernier terme de ſes ſouhaits
par la plus noble & la plus parfaite
Union qu'on puiſſe jamais concevoir.

I'eſpere, **MADAME**, de vous
donner un jour l'Hiſtoire de ſes Avan-
tures, qui vous apprendra les Myſteres
les plus ſecrets de ſa belle Vie. I'ay
cependant voulu joindre à ce petit Ouvrage quelques autres pieces de Poëſie,

ã iiij

EPISTRE.

que j'ay composées sur des sujets diffe-
rends, pour former un juste volume
de mes plus agreables occupations, Elles
ont besoin de la protection de V. G.
pour leur servir d'azile contre les Cri-
tiques, & je seray comme Amarillis
arrivée aux dernieres periodes de mes
satisfactions, si j'apprens que mes Vers
ayent contribué quelques momens à la
divertir. Voila, MADAME, la
Grace que je vous demande, aprés celle
de me croire avec tout le respect que je
vous ay voüé,

MADAME,

DE V. G.

Le tres-humble & tres-obeissant
serviteur,
LA TOUR.

AMARILLIS,

A MADAME LA COMTESSE
DE NORTHVMBERLAND.
SONNET.

I'Ay souffert jusqu'icy qu'õ me traitat de Belle,
Et j'ay fait quelquesfois soûpirer des Amans ,
Ils rencõtroient en moy quelques vains ornemés
Et des yeux qui brilloient d'une clarté Mortelle.

Ils m'ont juré cent fois une amour eternelle ,
Et quand je rejettois leurs vœux & leurs sermés
Ils trouvoient à me voir des Appas si charmans
Qu'ils se piquoiët entr'eux qui seroit plus fidelle

Je regnois Glorieuse avec tant de Fierté ,
Que lors que leur ardeur flattoit ma Vanité ,
Qui me parloit d'Aymer me faisoit un outrage.

Mais soudain que j'ay veu tes illustres Attraits ,
Et l'éclat que le Ciel a peint sur ton Visage ,
J'ay voulu déchirer jusques à mes Portraits.

LES BEAUTEZ
D'AMARILIS,

POUR MONSIEUR

LE M. DE M.

STANCES.

A Greables chaleurs d'un superbe Genie,
   Doux Transports qui nous enseignes
   L'art de vaincre la tyrannie
   Des Siecles les plus éloignez,
   Qui conserves mal-gré les Ages
   La Gloire des plus beaux Visages,
Elevez dans mes Vers l'Objet de tant de vœux,
Faites qu'Amarilis que tout le monde admire
     Et pour qui je soûpire
Dure eternellement aussi bien que mes feux.

Des plus faintes Ardeurs qui naifsēt de mõ Ame
    Dreffez un temple à fa Beauté,
    Il faut un pinceau tout de flamme
    Pour peindre une Divinité,
    Ses incomparables merveilles
    Veulent tant de foins & de veilles
Que mõ Efprit s'eftõne en fes plus grãds Efforts,
Et quelques rares traits que je mette en ufage
    Pour pollir cet Ouvrage,
Je crains de profaner de fi facrez Trefors;

Mais que les mefmes Dieux qui la firent fi belle
    Donnent de la force à mes fens
    Pour faire un Portrait plus fidelle
    De tant de charmes raviffans,
    Et qu'en admirant les Penfées
    Que j'auray juftement tracées,
Le cœur le moins fenfible en foit fi bien touché,
Qu'il confeffe Amoureux que c'eft la main d'un
    Qui par un cas eftrange   [Ange
Pour le faire mourir l'a luy-mefme ébauché.

Que l'ame la plus fiere en devienne Idolatre
    Voyant ses crayons precieux,
    Et qu'en vain elle aille combattre
    Contre l'Image de ses yeux,
    Que par une vertu secrette
    Le seul tableau que je Projette
Fasse autant de captifs qu'en fait Amarillis,
Qu'ils prennét part aux maux que j'endure pour
    Et qu'ils l'ayment cruelle   [elle,
Sous les mesmes appas qui naissent de ses lys.

Auteurs de ma prison & de toutes mes peines,
    Beaux Cheveux! mes premiers Vainqueurs,
    Nœuds sacrez dont les moindres chaisnes
    Arrestent pour jamais les cœurs,
    Paroistrez-vous dans cet Ouvrage
    Avecque le mesme avantage
Que vous eustes sur moy le jour que j'en fus pris?
Inutiles souhaits! le Dieu que je reclame
    Et qui vit dans mon Ame
Jaloux de ce bon-heur ne me l'a point appris.

Mais qui peut sans orgüeil peindre un si doux
         Le sejour de tant de beautez,   [Visage
         Et qui ne craindra le naufrage
         Parmy ces Escüeils enchantez,
         La seule pensée est un crime,
         Et le mesme Objet qui m'anime
Au plus fort de ma Gloire arreste mon Dessein ,
Un tres-profond respect tient mes feux en con-
         Et d'une mesme atteinte   [trainte,
Je sens glacer ma plume aussi bien que son sein.

Ces yeux où la Nature a paru merveilleuse
         Peuvent-ils bien estre portraits ?
         Et quelle main audacieuse
         Voudroit toucher à tant d'attraits ?
         Non non ces deux Globes de flamme,
         Ces vives Clartez de mon ame
M'obligent à me taire & me brûlent d'amour,
A tous leurs mouvemés j'arreste ou je m'aváce ,
         Et dans leur influence
Je rencontre ma nuit, où je trouve mon jour.

Que peut-on comparer au corail de ſa bouche,
    Puis qu'Amour n'a pas ce pouvoir,
    Et qu'il ſe meurt lors qu'il la touche,
    Luy qui n'a point d'yeux pour la voir,
    Garde que ta main ne ſe joüe
    Avec les roſes de ſa joüe,
Ne repreſente point ſa Grace & ſa douceur,
Et cōnoiſſant qu'elle eſt la merveille du monde,
    Et qu'elle eſt ſans ſeconde,
Pourquoy t'efforces-tu de luy faire une ſœur ?

Eſprit Ambitieux, qui d'un vol temeraire
    Cherches un Eloge à ſa voix,
    Oſe-tu parler d'un myſtere
    Qui t'a fait mourir tant de fois ?
    N'eſt-ce pas ſa voix admirable
    Si douce & ſi peu ſecourable
Qui peut mener captifs tes ſens & ta raiſon,
Et puiſque les ſoûpirs que la belle ſçait feindre
    Ne peuvent pas ſe peindre,
Donne-leur cōme aux tiens une meſme priſon.

Mais quelle vanité t'aveugle & te transporte
Jusque au point d'adorer tes fers,
Et que ton esperance est morte,
Pour qui fais-tu vivre tes Vers,
Peux-tu croire que cette belle
Souffre qu'on soûpire pour elle
Sans blâmer tes Desirs & condamner tes vœux,
Pense-tu que son cœur puisse cherir ta veine,
Et que cette inhumaine
Ne méprise ta Muse aussi bien que tes Feux.

Tu vas rendre en effet ta plume criminelle
En traçant ses divins Appas,
Imagine-la toute belle,
Meurs pour elle & n'en parle pas,
Gardes-en l'Image dans l'ame,
Pourveu que tu caches ta flamme
Tu n'es pas obligé de vaincre tes transports,
Brusler pour une Reine & d'estre sa Victime,
On le peut bien sans crime,
Mais les moindres discours meritét mille morts.
                                        Non

Non non! tous ces respects offensent son merite
  Autant que ma fidelité,
  Je sens bien qui me sollicite
  Au portrait de cette Beauté,
  Le Ciel qui la forma si belle
  Veut rendre sa Gloire Immortelle,
Et veut que le portrait en soit fait de ma main;
C'est moy qui recevray cette faveur insigne,
  Qui pour m'en rendre digne
Ay gravé son image au milieu de mon sein.

Cedez-moy cet hõneur, Amants dõt la cõstance
  Semble égaler ma passion,
  Si vous avez plus d'éloquence
  Mon ame a plus d'ambition,
  Il faut bannir pour cet Ouvrage
  Les douceurs de vostre langage,
Et tous ces ornemens ou l'artifice à part;
Car à peine ses yeux paroissoient dans leur force
  Qu'elle fit un divorce
Avec tous les attraits qu'on emprunte de l'art.

é

Divine Amarilis, Esprit incomparable,
Belle merveille de nos jours,
Four rendre ton Nom plus durable
Preste ta grace à mon discours,
Je sçay qu'avec elle ma plume
Peut écrire un juste volume,
Et parler de ta gloire au bout de l'Univers,
Que si dans ce dessein ta faveur me seconde,
Le dernier jour du monde
Paroistra le dernier de celuy de mes Vers.

OLYMPE ET PHILIS.

SONNET.

Olympe pour moy seul a le cœur inflexible,
Cependant que Philis tâche de m'obliger,
L'une en tous ses discours me traite en estráger,
Et l'autre pour me plaire invente l'impossible.

J'endure auprés d'Olympe une peine Indicible,
Et Philis à tous coups m'appelle son Berger ;
Mais, pour quitter Olympe, il faut estre leger,
Et pour n'aimer Philis, il faut estre insensible.

Si j'abandõne Olympe, & qu'ay-je de plus cher,
Mais si je hai Philis, j'ay l'ame d'un rocher,
Olympe me rebute, & Philis me caresse.

Amour ! rends une fois mes souhaits accomplis,
Que Philis ait les yeux dont Olympe me blesse,
Ou qu'Olympe ait le cœur aussidoux quePhilis.

POUR CLORIS.

SONNET.

IL est vray que je sers une rare merveille
Et que je me suis fait une illustre Prison;
Mais je n'ose esperer aucune Guerison,
Bien qu'à tous mes discours elle preste l'oreille.

Elle m'a dit cent fois de sa bouche vermeille
Qu'elle sçait que mes maux sont sans cõparaisõ,
Mais que je dois attendre une propre saison
Puisque de son costé sa flamme est sans pareille.

A ces mots mon Esprit se calme & se resoud
De servir & d'aimer constâment jusque au bout,
Estimât que son cœur s'accorde avec sa bouche.

J'ay pourtant découvert qu'elle veut me bannir;
Car qui croira jamais que mon amour la touche
Puis qu'elle promet tout & ne veut rien tenir.

SUR LE PORTRAIT DE SILVIE.

SONNET.

POrtrait injurieux, ennemy de ma vie,
Toy!qui me fais souffrir de si rudes tourmés,
N'es-tu pas le Tyran de mes contentemens
Lors que tu m'entretiens des beautez de Silvie ?

Tu sçais bien à quel point mon ame l'a servie,
Esloigne de mes yeux tous ces vains ornemens,
Et laisse me vanger de tant de faux sermens,
Son mépris m'y côtraint & l'honneur m'y côvie.

Puisqu'elle foule aux pieds sa côstance & sa foy,
Ne me tiens plus captif de cette injuste loy
Qui no⁹ force à cherir les traits d'un beau visage.

Et puisque mes soûpirs n'ont pas sçeu la toucher
Fais-la voir à mes yeux moins belle ou moins vo-
        lage ,
Ou bié fais que mô cœur soit un cœur de rocher.

é iij

POUR CLORIS
INFIDELLE.
SONNET.

MOn cœur ! puifque Cloris ne veut plus
            vous connoiftre,
Pourquoy difputez-vous fi vous devez mourir ;
Helas ! fans cet effort vous ne fçauriez guerir ,
Et toutes vos douleurs ne feroient que renaiftre.

                                                 [roiftre.
C'eft en bravãt la mort qu'un grãd cœur doit pa-
C'eft elle qui vous peut promptement fecourir,
D'attendre fa pitié c'eft en vain difcourir , [tre.
Puifque cette Beauté ne veut point s'y foûmet-

Donques n'adores plus la neige de fon fein ,
Elle a changé fa foy , changez voftre Deffein ,
Voicy comme le Ciel vangera voftre offence.

Vous pouvez d'ũ feul coup finir voftre Tourmẽt,
Et Cloris qui ne veut aimer que l'Inconftance ,
Vivant de la façon mourra chaque moment.

POUR AMINTE RELIGIEUSE.

SONNET.

NE deliberons plus, c'eſt trop de reſiſtance,
Il faut rendre le cœur aux charmes de ſes
    yeux,
Mourir en l'adorant c'eſt mourir Glorieux,
Et de ne pecher pas c'eſt cõmettre une offence.

Plus mes feux ontde crime & plus j'ai de cõſtáce
Et ſi je dois tomber je veux tomber des Cieux,
Qui ne ſçait qu'en amour un vol Audacieux
Au milieu des dangers trouve ſa recompenſe.

Grille ! qui tiens captifs tant de divins appas,
Qui poſſedes un bien dont tu ne joüis pas,
Tu t'oppoſes en vain au bon-heur où j'aſpire.

Mais qui peut condamner de ſi chaſtes Deſirs,
Si mes ſaintes Ardeurs gouſtent dans ce martyre
Malgré tous tes efforts mille ſecrets plaiſirs.

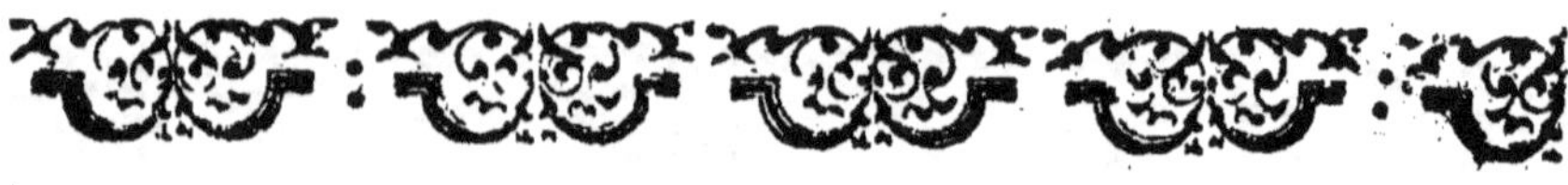

SVR LA BELLE VOIX DE PHILIS.

SONNET.

ENfin je suis vaincu, toute ma resiſtance
S'oppoſe vainement aux charmes de ſa voix,
Philis a le pouvoir de me faire des loix,
Et je suis deſormais un rocher en conſtance.

Je n'entends plus ſes airs avec indifference,
Ses ſoûpirs quoy que feints me mettét aux abois,
J'ay honte des ſerments que j'ay fait autresfois,
Et je ne dois plus vivre ou vanger cette offence.

Il eſt bien vray qu'Aminte a des yeux pleins de
    feu,
Et que ces doux tyrans juſque icy m'avoiét pleu
J'en faiſois mon autel & j'eſtois leur victime.

Mais la voix de Philis n'y veut plus conſentir,
Et ſi le changement doit paſſer pour un crime
Quand le crime eſt ſi beau qui peut s'en repentir?

BIBLIOTHEQUE ROYALE

www.ingramcontent.com/pod-product-compliance
Lightning Source LLC
LaVergne TN
LVHW011456180726
843503LV00009BA/4147

9 782329 640624